AF590504

HAN RYNER

JULES RENARD

OU

DE L'HUMORISME A L'ART CLASSIQUE

PRIX : 1 FRANC

PARIS
EUGÈNE FIGUIÈRE ET Cie, ÉDITEURS
7, *Rue Corneille*, 7
1910

JULES RENARD

OU

DE L'HUMORISME A L'ART CLASSIQUE

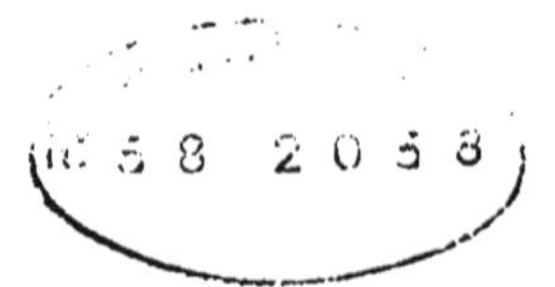

ŒUVRES DE HAN RYNER

Le Cinquième Évangile	3 50
Les Voyages de Psychodore	3 50
Ce qui meurt	3 50
Les Chrétiens et les Philosophes	2 »
Le Subjectivisme	1 »
Vive le Roi	1 »
Petit manuel individualiste	» 50
Jusqu'à l'âme	» 40
Alfred de Vigny	» 25

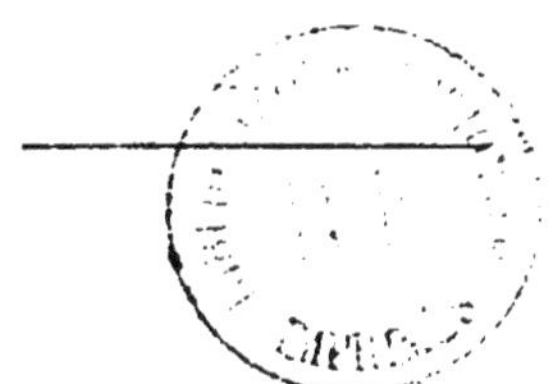

La Librairie E. Figuière se charge d'adresser franco, au prix marqué, les ouvrages ci-dessus désignés. — Les autres œuvres de Han Ryner sont épuisées.

HAN RYNER

JULES RENARD

OU

DE L'HUMORISME A L'ART CLASSIQUE

PRIX : 1 FRANC

PARIS
EUGÈNE FIGUIÈRE ET Cie, ÉDITEURS
7, Rue Corneille, 7
1910

Ce qui suit fut parlé, non écrit. On va lire — je voudrais dire : entendre, — *une conférence prononcée le 30 octobre au* Salon d'automne. *Je ne publie pas la stricte « mise en clair » des hiéroglyphes sténographiques : la conférence était coupée d'abondantes lectures que j'ai supprimées, ce qui n'a pas laissé d'entraîner quelques remaniements.*

On me permettra de nommer ici les excellents artistes qui firent le succès de cette manifestation. Le public les applaudit avec un égal enthousiasme, et ce fut justice. J'adresse mes remerciements à Mlle Blanche Albane, à Mlle Marcelle Schmidt, à M. Louis Bourny. Si je croyais ces pages assez fortes pour porter le poids d'une dédicace, je les dédierais à deux autres « diseurs » de cette matinée : à Mme Suzanne Després, profonde interprète de tant d'œuvres de pensée et magistrale créatrice de Poil de Carotte*; à M. Lugné-Poé, grand artiste et grand lettré, qui a versé d'abondantes richesses étrangères au trésor de notre connaissance et de notre émotion... Mais ces deux noms ne sont-ils pas inséparables de celui de Jules Renard?...*

H. R.

Mesdames, Messieurs,

Mon verre n'est pas grand, mais je bois dans mon verre.

Cette déclaration à la fois modeste et fière d'un ancien romantique enfin délivré des préjugés et des procédés de l'école, ne pourrions-nous la mettre sur les lèvres de Jules Renard, naturaliste qui rejeta dès la première heure les lourdeurs et les inintelligences de Médan, humoriste qui peu à peu sut effacer la grimace d'une gaîté qui s'efforce et ricane pour montrer un visage simplement et noblement humain?...

Mais, lui qui, je crois bien, n'a pas dans toute son œuvre deux citations exactes; lui qui s'applique toujours à transformer, souvent à déformer jusqu'à la parodie, ses souvenirs littéraires; il protesterait dans un recul et dans un sourire : « Un verre! Êtes-vous bien sûr, monsieur, que je buvais dans un verre?... »

En effet, l'eau fraîche de nos sources, longtemps coupée d'un filet de vinaigre, il la recueille plutôt dans une coupe rustique, autour de quoi s'enroulent, reliefs savamment naïfs, des paysans farouches, des animaux familiers, des arbres vibrants d'orage ou de soleil.

Mais il serait trop décevant de vouloir enfermer Jules Renard en une définition unique. Coupe et breuvage ont varié plusieurs fois. Ou, plus exactement, malgré çà et là quelques retours et quelques pervers repentirs, contenu et contenant sont allés vers toujours plus de naturel et de simplicité. Les reliefs, d'abord voulus grotesques, deviennent ensuite d'une admirable vérité. Autour d'eux s'agitaient des lueurs folles et comme ricaneuses; maintenant une lumière sincère les éclaire, soleil, tendresse et sympathie. Et tant d'eau limpide passe par la coupe que, diluée et noyée, l'acidité première ne se sent plus. Hélas! l'esprit du critique a beau connaître la continuité qu'est la vie, les mots maladroits refusent de la dire. Sous l'unité apparente de l'instant nous savons quelle richesse se dissimule et qu'une parole n'est pas elle seule mais en harmoniques impossibles à noter elle répercute l'écho d'hier, elle murmure le verbe de demain. Et sous la multiplicité visible des heures regardées lointaines et éparses nous sentons couler la souterraine, la fécondante unité. Les mots sont impuissants à dire la ligne continue; qu'ils indiquent donc les points qui permettront aux esprits attentifs de reconstruire la courbe et sa beauté frémissante. Puisqu'on ne peut exprimer les choses qu'en gros, distinguons, un peu grossièrement, trois manières successives chez Jules Renard.

Aux environs de 1890, quand il débutait dans le commerce des sucres et dans la littérature, les étalages littéraires autour desquels se pressait une foule d'acheteurs ou de railleurs n'offraient peut-être nulle marchandise bien précieuse. Les Parnassiens avaient une clientèle chaque jour plus importante. L'un deux — et encore ce n'était pas le moins intelligent — déclarait à M. Charles Morice : « Le temps des idées générales est passé (1) ». Ne rions pas trop fort, mesdames et messieurs. Nous connaissons les aveuglements de ceux qui nous ont précédés; l'avenir, s'il s'occupe de nous, connaîtra les nôtres. Nous aussi, les yeux fermés, nous annonçons peut-être la mort du soleil. Il y a, dans toutes les générations, des hommes qui, sous une forme plus ou moins naïve, proclament

(1) *Paris-Journal,* 28 octobre 1910. CHARLES MORICE, *Le Dictionnaire de rimes de François Coppée.*

que le temps de l'éternité est enfin passé. — Les symbolistes s'inquiétaient d'idées générales; plusieurs étaient admirables de culture et de pénétration ou d'élan philosophique. Malheureusement la vigueur leur manquait trop. Leur vocabulaire imprécis, leur syntaxe savamment incorrecte, leurs rythmes qui boitent et qui tombent semblent propres à disperser la pensée plus qu'à la saisir. La pensée des premiers symbolistes... trop souvent une vapeur, qui monte peut-être et qui peut-être s'épanouit. Aux meilleures rencontres, elle monte et se dilate et s'évanouit comme un souvenir lointain de musique entendue, qui sait? en un rêve d'une vie antérieure... — Mais les plus notables marchands de nouveautés — combien frippées, la plupart du temps! — c'étaient, naturalistes ou psychologues, ceux qui frappaient sur leur poitrine en affirmant qu'il y avait là une conscience de savant et en se proclamant les observateurs. Il serait injuste de confondre les deux écoles dans un égal mépris. Le naturaliste copiait, parmi des notations banales et indifférentes, telle observation précieuse remarquée dans un manuel de physiologie. Cependant le psychologue démontrait longuement — oh! oui, longuement! — qu'on peut rester un imbécile après avoir étudié Stendhal et les théorèmes de Spinoza sur les passions. Mais l'enfantillage du dernier était pire. Ce qui sert de cerveau à M. Paul Bourget restait aussi puéril que sa figure de bébé joufflu. Même lorsque, croyant peut-être avoir épuisé les questions sentimentales qui passionnent les femmes, il se tournerait vers les questions sociales qui passionnent les hommes, il resterait l'enfant cruellement inintelligent. Converti au christianisme — qui n'est rien, s'il n'est amour — il monterait sur une Barricade qui n'attire d'autres projectiles que les pièces de cent sous pour jeter d'atroces et stupides prédications de haines. La nullité de sa pensée contradictoire, la bassesse de ses sentiments et son écriture si grise, si lâche, si amorphe font de lui le parfait bourgeois d'Académie. Parmi les naturalistes, plusieurs étaient des artistes et ils livraient, non toujours vaincus, un difficile combat. Dans les mots que les classiques nous ont transmis usés et transparents, abstraits et lumineux, dans les mots aussi que les romantiques ont gonflés d'éloquence et verdis ou rougis de passion, ils s'appliquaient à faire entrer, sans la trop déformer et sans la colorer trop arbitrairement, la réalité objective. Ils contraignaient la langue française, qui y répugne, à proclamer que « le monde extérieur existe ». Ils étaient, tout compte fait, les moins négligeables écrivains de l'heure; et Jules Renard eut raison, tant qu'il fut un apprenti, de chercher ses maîtres parmi eux. Pourtant, dès le premier instant, il fit entendre, dans le chœur lourd, une voix aigrelette, qu'on distingua. C'est que la plupart des naturalistes luttaient, rarement triomphants, contre une éducation ou un tempérament romantique. En outre, leur regard et leur style, instruments grossiers, laissaient perdre ce qui est fin ou délicat; ils n'envahissaient victorieusement que les grosses masses élémentaires : foules qui se précipitent ou qui hésitent, armées qui se concentrent ou se débandent, usines qui halètent, cathédrales ou vastes jardins et, dans leurs pages les plus adroites, la petitesse légère des locomotives. Jules Renard apportait dans l'école étonnée, avec un œil et une phrase qui sont d'excellents outils de précision, les minuties amusantes du plus méticuleux humoriste. Il apportait aussi des qualités déjà classiques qui lui permettaient de distinguer le caractéristique du banal et, rejetant le fatras accidentel, de grouper tout l'essentiel dans un ordre heureux. Le portrait de M. Vernet (1) doit à ces mérites d'être justement célèbre.

Cependant Jules Renard, esprit analytique supérieur mais à qui la moindre synthèse coûte peine et effort, consent rarement au portrait qui savamment se compose et s'équilibre. D'ordinaire il laisse dans l'ombre la figure vaguement ébauchée, mais il regarde à la loupe et il peint avec une conscience extrême un trait unique qui, de la valeur paradoxale qu'on lui donne, devient caricatural. Et cet humorisme (2) de l'observation, comme il est habilement servi par l'humorisme de l'expression! Ah! les amusantes, et cocasses, et absurdes comparaisons que rapporte dans son carnier le *chasseur d'images*!

Je n'ai certes pas la prétention de vous présenter, mesdames et messieurs, une classification scientifique et définitive des images. Per-

(1) Dans *L'Ecornifleur*.

(2) Je suis bien obligé de dire « humoriste » comme tout le monde depuis vingt ans. Mais je tiens à distinguer entre l'*humorisme*, maladie de jeunesse chez un Jules Renard, stupidité incurable chez un Marck Twain, et l'*humour* anglais ou allemand. Il est déjà pénible de n'avoir qu'un mot pour désigner la manière de philosophie romantique de Jean-Paul Richter et le sourire mêlé de larmes qui est peut-être romantique aussi chez Henri Heine mais qui, chez Dickens, est souvent profondément classique.

mettez pourtant que j'en distingue deux ou trois espèces. L'image romantique s'efforce de magnifier l'objet et, aux mains des maladroits, voici que grotesquement elle le gonfle, ou bien elle le fait s'évanouir comme une vapeur trop ardente. L'image humoristique s'amuse à rapetisser ou à déformer ce dont elle parle. Mais l'image classique nous aide à voir l'objet dans ses proportions heureuses et dans son harmonie naturelle. Le romantique regarde par le gros bout de la lorgnette; l'humoriste, par le petit bout; mais le classique ne se sert que de ses yeux. Peut-être le romantique et l'humoriste cherchent à un même mal des remèdes contraires : ils souffrent du « désaccord existant entre les faits et nos rêves » (1). Mais le classique a eu la force d'établir en lui-même paix et santé; il jouit, — même s'il ne l'explique pas ou s'il l'explique mal — de l'accord profond qui unit le Père et le Fils, le Réel et l'Idéal. Le romantique voudrait oublier le poids de son corps, l'humoriste s'acharne à s'arracher des ailes invisibles et inexorablement tenaces. Leurs images n'expriment, et déformée, qu'une partie de l'homme : le rêve, qui s'affole ou

(1) *L'Ecornifleur*.

s'évanouit dès qu'on a l'imprudence de l'isoler ; ou l'appétit et l'habitude qui, dès que nous avons peur de l'azur, nous courbent comme les bêtes. Mais le classique s'efforce de dire tout entier ce réel, dont le rêve émané n'est pas la moindre partie. Il dresse la statue précise ; mais voyez, sa blancheur fait vibrer une atmosphère d'harmonie, ou bien son geste vaillant élargit autour d'elle une lumière héroïque.

Les images rapetisseuses surabondent dans la première manière de Jules Renard. Beaucoup sont restées célèbres : « Un steamer : un gros cigare » (1). Voici des trois-mâts aperçus à l'horizon. Ils glissent « dans leur écume, pareils à de fortes dames imposantes qui montrent en promenade la dentelle blanche de leur jupon (2) ». Pour le Jules Renard de cette époque, « dès que tombe une pluie fine, la rivière a la chair de poule » (3). Voyez, comme titubants de tempête, de vieux rochers qui « se couvrent d'écume, pères de famille vénérables mais ivres qui renverseraient, en buvant, de la mousse de champagne dans leur barbe » (4). Parfois l'image,

(1) *L'Écornifleur.*
(2) *L'Écornifleur.*
(3) *Histoires naturelles.*
(4) *L'Écornifleur.*

autant ou plus qu'elle rapetisse, déforme : « La mer est moutonneuse. Un invisible et infatigable menuisier lui rabote, rabote le dos, et fait des copeaux » (1). Le naturel est métamorphosé en artificiel. Même procédé quand le premier *Poil de Carotte* nous montre des lapins vivants « les pattes de devant raides comme s'ils allaient jouer du tambour. » Le rapetissement ridicule peut être obtenu, — méthode paradoxale mais sûre — par le grossissement d'un détail. Jules Renard regarde passer une bande d'élégants, et il remarque : « Chacun avait une route nationale dans les cheveux. » (2) Sous l'élargissement hyperbolique de la raie ne semble-t-il pas que les têtes pauvres diminuent et disparaissent?

Cette originalité excessive et forcée provient, pour une grande part, de la crainte d'être banal. L'humoriste est un homme qui, ayant beaucoup lu, a trop retenu; il fuit, jusque dans les fossés et les fondrières, des souvenirs obstinés. Parfois il avoue naïvement son inquiétude. Dans un sonnet longtemps inédit mais qu'une intéressante revue nous fit connaître, Jules Renard se demande :

(1) *L'Écornifleur.*
(2) *Coquecigrues.*

Sur les parfums chauffés brûlants comme des flammes,
Sur les fleurs qu'on est las d'arroser, sur les femmes,
Qu'est-ce qu'on pourrait bien écrire de très doux?

« De très doux » ne serait-il pas amené par la rime?... Si nous rencontrions une telle confession faite en prose, elle révélerait peut-être plus exactement la préoccupation de l'auteur. Ce n'est pas une fois, c'est vingt fois que, sans trop chercher, nous trouvons l'expression de cette inquiétude d'homme de lettres. La lune « est le désespoir du poète, qui ne peut en rien dire de neuf » (2). Jules Renard regarde tomber la neige et voici les réflexions que lui inspire le blanc et lent spectacle : « Je viens trop tard. Tout est dit depuis qu'il tombe de la neige — *et qui pensent* » (3). Nous songions à La Bruyère; lui aussi. Mais il songeait, en outre, à Victor Hugo :

Oh! n'insultez jamais une femme qui tombe!

« Assez. La neige m'ennuie. Si elle ne tombait pas, je l'insulterais » (4). Trop de souvenirs

(1) *Le Beffroi*, octobre 1910.
(2) *La Lanterne sourde*.
(3) *La Lanterne sourde*. C'est Jules Renard qui souligne.
(4) *La Lanterne sourde*.

littéraires l'obsèdent et « la camelote des comparaisons encombre *sa* mémoire (5) ». La parodie lui est à la fois une petite vengeance contre ses persécuteurs et un moyen d'originalité à bon marché.

Ces fantaisies douteuses ou franchement mauvaises, est-ce pour en faire grief à Jules Renard que je les ai citées? Non certes, mais pour établir une loi qui, sans doute, n'est pas universelle, qui du moins m'apparaît générale. Pour se prouver à lui-même son existence littéraire plus encore que pour attirer promptement l'attention d'autrui, le jeune écrivain qui pénètre dans une vieille littérature exagèrera presque nécessairement son originalité. A-t-il de l'esprit? il grimacera l'humorisme. Apporte-t-il une âme éloquente et passionnée? il rugira romantiquement. Celui qui n'est pas doué recommencera éternellement les grinçants tours de force ou les puérils tours d'adresse, à moins que lassé il ne tombe aux platitudes académiques. Mais celui dont l'originalité est profonde, le temps et l'étude l'enrichiront assez pour qu'il dédaigne ce qui était faux dans son trésor premier. Il restera, ou plutôt il

(5) *L'Écornifleur*.

deviendra lui-même, en devenant naturel; et nous aurons un classique de plus.

Au lieu d'illustrer cette loi par des exemples isolés, laissez-moi vous en proposer une large vérification que mon sourire appellera platonicienne. Le Socrate de *La République* étudie la justice dans l'État pour savoir ce qu'est la justice dans l'Individu. Il se trouve — dit-il à peu près — en face d'un même texte écrit deux fois, en caractères de dimensions différentes. Il lit de préférence les lettres plus largement tracées. Est-ce uniquement parce qu'un tel parallélisme serait favorable à ma thèse? il me semble qu'une période littéraire subit une évolution analogue à celle d'un écrivain. Le XVIIe siècle, — sans doute parce qu'il serait par excellence l'âge classique — ne se contente pas d'un seul défaut de jeunesse. L'un et l'autre se retrouvent, et sous des formes multiples, dans sa prime pétulance. Le voici romantique dans les emphases magnifiquement rythmées de Jean-Louis Guez de Balzac. Le voilà bouffon dans les phrases contournées ou pointues de Voiture. Il est romantique dans les fanfaronnades pré-cornéliennes de Scudéry et j'allais dire : dans les exagérations pré-cornéliennes de Corneille débutant. Ses grotesques et ses burlesques sont des humoristes, ses précieux aussi. Et il est tellement vrai que l'humorisme est souvent une maladie de mandarin que le premier titre d'œuvre burlesque qui vienne à l'esprit est un titre de parodie. Qu'importe *l'Enéide travestie*? et qu'importent *l'Illusion comique* ou *Médée*? Par les deux mauvais chemins, par les nombreux sentiers qui en partent et y reviennent, le siècle avance vers le royal carrefour. Il y trouvera, entre mille richesses sincères, la plénitude cadencée de Bossuet, l'esprit et le naturel de La Fontaine. Il y trouvera, après le Corneille de *Polyeucte*, le Racine de *Britannicus*, de *Phèdre*, de cette *Iphigénie*, groupe détaché, semble-t-il, du Parthénon et dont la pureté de lignes ne saurait être comprise des petits arrivistes toujours plus pressés de parler que de savoir, toujours plus soucieux de crier haut que de voir et de dire juste. Les plus divins des poètes, Mesdames et Messieurs, restent pourtant des hommes, et qui furent d'abord des enfants. Au précieux, le plus pincé des sourires de l'humorisme, Racine sacrifie non seulement dans sa première tragédie où le tyran, s'il essaie d'avoir « l'air mauvais », ne parvient qu'à avoir « mauvais air »; non seulement dans la seconde où Alexandre se propose de conquérir

> Des pays inconnus même à leurs habitants;

mais jusque dans cette *Andromaque* dont tant de scènes semblent déjà d'un ciseau infaillible taillées au plus blanc des Paros. N'éprouvons-nous pas un choc douloureux et comme une souffrance physique lorsque, rompant la noble harmonie, Pyrrhus, ancien incendiaire et nouvel amoureux, gémit :

> Brulé de plus de feux que je n'en allumai ?

Oserai-je tout dire au sujet des riches espérances que donne l'admirable jeunesse d'aujourd'hui? Ces réalisations seront peut être plus abondantes qui viendront des passionnés et des déclamatoires; en revanche, ces promesses sont à plus courte échéance qui, sur des rameaux dont le froissement ricane, s'ouvrent, fleurs naturelles, parmi d'autres presque pareilles, mais qui ne sont, elles, que papier savamment froissé. Deux pièces, trois au plus, suffisent pour conduire Racine à sa perfection; il en faut dix à Corneille.

L'humoriste — et par là, souvent il reste sympathique, même s'il n'a pas la force de dégager lentement en lui un classique — risque d'être un homme de douleur et de pudeur. Il garde un masque de gaîté outrancière et obstinée : ne pouvant montrer un visage de beauté sereine, il se refuse à révéler sa face crispée de défaite et rongée par la meute des souffrances. Les bouffonneries de Scarron gagnent une profondeur amère et je ne sais quoi de presque héroïque lorsqu'on songe aux tortures du bouffon et que les grelots s'agitent frénétiquement pour nous empêcher d'entendre, parmi les rires forcés, la déchirante victoire d'un sanglot. Les « sourires pincés » de Jules Renard nous choquent moins, si nous nous rappelons son enfance écrasée et que, fleur meurtrie dans le bouton par la gelée d'avril, son cœur n'osait s'ouvrir tant que l'atmosphère restait froide et indifférente.

Aux environs de 1897, Jules Renard semble dégagé de ses brillants et douloureux défauts. Désormais, il s'appliquera à « être un homme chez *les* hommes » (1). Seulement il gardera « l'œil de l'artiste »; il deviendra — n'est-ce pas la définition même du classique? — « un artiste humain ».

(1) *Bucoliques.*

Je trouve un moyen facile d'étudier les nouveautés profondes de sa seconde manière en rapprochant les deux *Poil de Carotte*. Le roman date de 1894; la pièce est de 1900. Malgré la similitude des situations, quoique le personnage principal porte le même nom, nous avons bien devant nous deux enfants malheureux et de qui les caractères se manifestent différents. Douloureux et dignes de notre pitié, ils le sont également; mais quelle plus chaude sympathie inspire le second! La compression impérieuse ou sournoise a rendu lui-même sournois et méchant celui de la première manière : le persécuté, pour peu que l'occasion s'offre, devient bassement persécuteur. La bonté foncière du second a résisté à toutes les souffrances. On l'accuse d'avoir le cœur sec parce que, opposant à ses ennemis une sorte de résolution farouche, il leur a toujours refusé le plaisir et la victoire de le voir pleurer. Mais, quand la nouvelle bonne arrive, voyez avec quelle hâte et quelle précision il lui donne les renseignements utiles et, puisqu'elle n'a pas l'air de le repousser ou de le bafouer, comme facilement il penche vers la confession personnelle. Il s'écrie avec une ironie poignante : « Vous voyez comme j'ai le cœur sec, Annette, je me confie à la première venue. » Un mot de tendresse de son père suffit pour qu'il rejette la cuirasse d'indifférence dont il se protège et se meurtrit et pour qu'il s'épanche en une joie profonde et si nouvelle...

De se révéler à un autre, voici qu'il se connaît, ou du moins il se pressent. « Est-ce que je gagne a été connu, papa? — Beaucoup, » répond M. Lepic... Combien Jules Renard a gagné à consentir enfin à se connaître... Ce n'est pas ce second Poil de Carotte qui prendrait la vieille bonne au plus perfide des pièges et la ferait jeter sur le pavé; ce n'est pas lui qui, par la plus ignominieuse des calomnies, ferait renvoyer un professeur coupable d'avoir caressé un autre élève plutôt que le petit jaloux; surtout ce n'est pas lui qui tuerait le pauvre chat avec cet acharnement follement féroce qui nous fait souffrir dans le livre. La seule optique théatrale est insuffisante à expliquer tant d'améliorations. L'art de Jules Renard a évolué; et son cœur consent à laisser entendre ses battements. Maintenant il ne raille plus ses personnages et ses décors pour s'empêcher de les aimer. Jadis pincé, son sourire aujourd'hui est attendri. La caractéristique de cette deuxième manière — si classique — est double : l'auteur aime ce dont il parle et l'auteur aime la vérité.

Mais un scrupule semble le prendre. Certes, il est sûr de la sincérité de ses observations, de la sincérité aussi des fines et transparentes notations où il les enferme à mesure. Mais ces détails vrais et exprimés avec vérité pourraient encore être faussés par la façon dont on les rapproche et les groupe pour faire un ensemble. Voici à la partialité un dernier refuge possible. Pour le fermer, Jules Renard, trop consciencieux peut-être, renonce, plus encore que son maître La Bruyère, à tout artifice de composition. Il présente ses notes séparées, presque dispersées. Parfois cet isolement leur donne un aspect sec et déplaisant. Presque toujours cependant elles restent intéressantes non seulement par leur valeur propre mais par la personnalité invaincue de l'artiste. Il a un mérite qu'il ne saurait sacrifier, qui même semble chaque jour plus grand : l'écriture a encore gagné en précision heureuse. Je devrais, pour vous le montrer, lire, dans *Nos frères farouches*, tout ce qui concerne la vieille Honorine. Voyez-la qui avance « à peine, comme si elle se déracinait à chaque pas. » Regardez-la là-bas, au loin. Elle

« revient par la traverse des champs, si courbée qu'elle paraît sans tête et que son bâton, où ses deux mains s'appliquent comme des nœuds, est plus haut qu'elle. » Et souvent quelle poésie, plus pénétrante d'être si discrète : « C'est son bâton qui repart le premier et fait le premier pas. Il doit savoir marcher, depuis le temps! Si la vieille meurt dehors, loin du village, il est capable de rentrer tout seul à la maison! »

La pluie tombait, grise, monotone et amorphe. Tout à coup un rayon de soleil la pénètre et voici la merveille : sur la plus vaste et la plus pure des courbes se disposent harmonieusement, se séparant et s'unissant, se nuançant et s'affirmant, toutes les couleurs. — Tendresse et vérité, qu'un rayon pénètre l'humorisme : il devient humour et poésie.

Cette troisième manière était-elle durable : définitive, ou qui conduit lentement à une quatrième manière impossible à prévoir ?.... manifestait-elle un scrupule passager, après lequel Jules Renard serait revenu, plus souple et plus riche, à sa seconde manière, si proche de la perfection?.... Seule la vie pouvait répondre à cette question. Une mort prématurée — Renard n'avait pas quarante-six ans — nous prive d'une réponse que nous espérions faite de chefs-d'œuvre.

Vous avez peut-être remarqué, Mesdames et Messieurs, que j'ai peu parlé du théâtre de Jules Renard. Je l'aime beaucoup et je n'ai rien de particulier à en dire. Les comédies sont avec les *Bucoliques* les meilleures productions de la seconde manière. Elles furent écrites assez tard pour échapper aux défauts de jeunesse ; les nécessités de la technique théâtrale défendirent les plus récentes contre le déssèchement voulu du dernier livre.

Ce qui fait le charme sûr et durable de presque toutes les pages de Jules Renard depuis 1897 c'est, autant que leur perfection formelle, la douce lueur d'humanité qui en émane. Il faut se souvenir que tous ses paysans appartiennent au centre de la France. Les trois méridionaux qu'il nous présente dans *Ragotte* ne comptent point. En 1893, l'humoriste les aurait rendus faux et amusants. En 1908, le classique évite ce qui serait caricatural. Il veut nous donner la chose rare et précieuse entre toutes : la vérité. De ces êtres trop différents, il ne voit que les banales extériorités, et ses Carol sont franchement manqués. Mais ses compatriotes, farouches comme sa jeunesse, timides comme toute sa vie, discrets comme son art, son œil les pénètre jusqu'au fond, et sa phrase les emprisonne tout entiers, âme et corps, cœur et égoïsme. Il y a beaucoup de patience guetteuse et d'attentive persévérance dans son talent. Il dit de Ragotte : « Il faut la regarder longtemps pour la voir. » Il pourrait le dire de chacun de ses paysans. Et il fallait les regarder non seulement avec des yeux inquisiteurs et tenaces mais aussi avec une âme semblable à la leur, dans sa délicatesse plus continue et plus consciente. Sous leur silence et leurs réticences, il a su distinguer leur bonté foncière. Pour en rester persuadé, qu'on relise, dans les *Bucoliques*, le pur et souple chef-d'œuvre qui s'appelle *La galette*.

Cette bonté, qu'il savait apercevoir chez autrui parce qu'elle était en lui, poussa l'ancien humoriste et l'homme toujours avisé à des attitudes et à des gestes naïfs. Par générosité, il monta dans la galère où l'on n'entre que par intérêt. Ce rieur fit, sans rire, de la politique. Oh ! il ne se dirigea pas vers la « grande politique », celle des larges indemnités et des capiteux pots de vin. Il se laissa imposer, comme des devoirs et des moyens de faire un peu de bien, les obscurs honneurs du village. Conseiller municipal de la petite commune de Chaumot, il combattit, dans cette ombre lointaine, la puissance mauvaise du châtelain. Maire de Chitry-les-Mines, il essaya de moraliser ses cinq cents administrés et leur expliqua les beautés de l'anti-alcoolisme. Délégué cantonal, il prit sa fonction au sérieux et s'indigna contre des collègues qui visitaient trop rarement les écoles. Lui qui travaillait lentement et péniblement, il donnait à un petit hebdomadaire de Clamecy des *Mots d'écrit* d'une simplicité délicatement curieuse. Contre le curé de Pazy qui, pour des raisons intéressées, imposait aux enfants de Chaumot six kilomètres dans le froid matinal, il écrivait de péremptoires philippiques. Cet homme d'esprit ne craignait pas l'inélégance de se manifester anti-clérical. Sur les prêtres il répétait une phrase de son père, qu'il affirme « radicale », et qui l'est en effet : « Ce sont des menteurs ou des imbéciles » (1). Son anti-cléricalisme de village était fait d'amour et de pitié. Il avait trop connu, dès son enfance, l'atmosphère irrespirable créée par ces bigotes « chez lesquelles la

(1) *Mots d'écrit.*

religion est une espèce de maladie noire qui leur racornit l'âme et qui fait d'elles des chefs-d'œuvre d'égoïsme roublard et d'hypocrisie amère ». (1) Il avait vu de bonne heure le mal que le prêtre peut faire dans un ménage; il continuait de voir sa puissance néfaste dans certains coins de province. Pour combattre avec quelque efficace, il consentait, lui, le railleur et le sincère, à s'engager dans une de ces armées où tout officier est une canaille, où tout soldat est un imbécile et qu'on appelle des partis politiques. Il croyait obéir à une nécessité de l'action; mais il ne manifestait pour son drapeau que tout juste l'enthousiasme indispensable. Si ses adversaires l'accusaient d'admirer le Bloc — il y avait, paraît-il, à cette époque récente et lointaine, quelque chose qui s'appelait le Bloc — il protestait : « Je ne gaspille point la faculté précieuse de l'admiration » (2). Il raconte quelque part, qu'il a vu « à l'étalage d'une grande maison de comestibles une dinde stupéfiante. Elle est énorme et pleine de truffes. Elle coûte quatre-vingt francs » (3). Et il moralise : « Elle est

(1) *Mots d'écrit.*
(2) *Mots d'écrit.*
(3) *Mots d'écrit.*

superbe et odieuse. Elle a l'air d'une basse flatterie aux riches et d'une insulte aux pauvres. Elle donne d'abord envie de se flanquer une bonne indigestion; puis, elle donne envie de pleurer ». Et le *blocard* conclut : « Tant qu'un misérable pourra mourir de faim et de froid au pays de cette dinde, le Bloc n'aura rien fait ». Le Bloc n'a rien fait, non plus que ses successeurs, non plus que Catholicisme et Monarchie ses prédécesseurs. Dès que l'amour coule entre les digues étanches d'une politique, qu'elle soit laïque ou cléricale, religion positive ou socialisme, comment le fleuve qui, avec sa grâce et sa spontanéité perd jusqu'à son noble nom pour devenir la dédaigneuse et vile charité ou la ridicule et exploiteuse philanthropie, féconderait-il encore les proches campagnes? Mais, Jules Renard, artiste qui connut souvent la perfection et observateur clairvoyant du détail, n'a rien du philosophe. Il ne pense pas assez profondément pour pénétrer la stupidité et l'impuissance de ce que les libres-penseurs de troupeau appellent leurs « idées », ou de ce que le troupeau des fidèles appelle sa « doctrine ».

Nous aimons d'abord en lui l'artiste de la période parfaite et l'homme épanoui et révélé.

Puis, consentant joyeusement aux préparations nécessaires, nous aimons la beauté de l'évolution du premier, de l'extériorisation du second. L'homme, en effet, n'a pas évolué : les premières hostilités de la vie l'avaient rendu farouche et secret; une heure vint où il prit confiance et laissa voir toutes ses vertus natives. Un mot de tendresse suffit à jeter Poil de Carotte aux douceurs de la confession. La tiédeur du succès fondant les neiges de timidité qui cachaient le vrai Jules Renard, on connut sa bonté simple et forte. Presque à chacune des pages qu'il écrivit depuis 1897, on est tenté de s'écrier — et Jules Renard, après un recul, avouerait que le second éloge le touche davantage — : « Ah! le bon écrivain!... Ah! le brave homme!... »

Coulommiers. — Imp. Dessaint et Cie.

Coulommiers. — Imp. Dessaint et Cie.

www.ingramcontent.com/pod-product-compliance
Ingram Content Group UK Ltd.
Pitfield, Milton Keynes, MK11 3LW, UK
UKHW022138260726
13993UKWH00005B/2010

9 782329 566627